Marina ANCA

O'Loty te invită în pădurea magică Boreea
O'Loty invites you in the magical forest Boreea

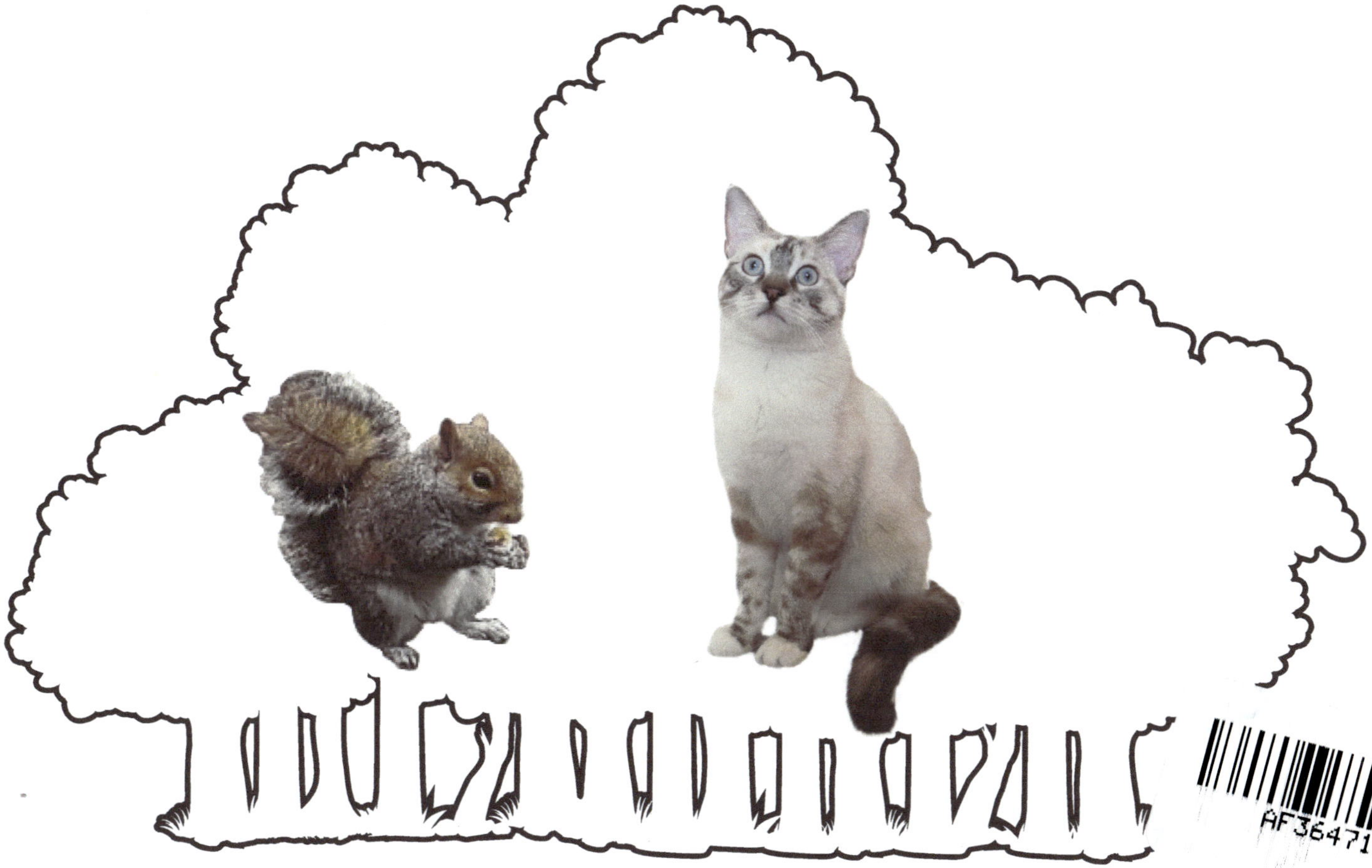

© Poze / © Photos Marina ANCA
© Grafism / © Design Marina ANCA

© **Blinkline Books**
128 rue de la Boétie
75008 Paris, FRANȚA

Contact : +33143750495
E-mail : blinklinebooks@gmail.com

Vă invităm să vizitați website-ul nostru:
web: www.blinklinebooks.com

ISBN: 978-2-492086-21-2
Dépôt légal : noiembrie 2022
Ediția a doua, revizuită și completată.

As per Consumer Product Safety Act of 2008 (CPSIA)

De același autor, publicate la editura BLINKLINE BOOKS:

„Hai la joacă cu O'Loty în Australia"

„O'Loty descoperă America"

„La plajă cu O'Loty"

„O'Loty și comoara verde-auriu"

în mai multe variante bilingve.

Pentru adulți:

„În Aparență - Amintirile sunt mai periculoase decât gloanțele"
O dramă psihologică scrisă într-o formă neobișnuită.

Mărturii istorice publicate la editura EIKON:

„Când omida devine fluture sau dictatura română văzută de o adolescentă liberă".

„Fluturele în safari între Franța și Nigeria. Călătorii între alb și negru"

„Amprenta fluturelui sau improbabila idilă între Capitalism și Dictatură"

Titlurile cărților publicate în Franța în limba franceză:

« Quand la chenille devient un papillon Ou la dictature roumaine vue par une adolescente libre ».

« Le safari du papillon au Nigeria Périples entre indigence et abondance».

« L'empreinte du papillon Ou l'improbable idylle entre Capitalisme et Dictature ».

O'Loty te invită în pădurea magică Boreea

O'Loty invites you in the magical forest Boreea

Foreword for the parents

When I was little, my grandfather used to take me to the park. He used to watch me play through his glasses and wait. I was not four years old yet, and could not pronounce his name nor say the word "glasses". But I knew that before going home we would sit on a bench, probably to make me rest after so much playing, and that he would tell me new adventures of characters he had invented. "Come on, grandpa Lali, tell me a story!" I said one day, thus inventing a nickname that my family would carry on using. I did not know then that he prepared the tales the day before visiting me nor that they had an educational purpose. One story taught me to be orderly, another one to listen to my parents, and so on. I used to listen to his clear voice with his soft tone, feel his warm palm caress my hand, and vividly live the adventures of his characters. I don't remember the tales, but I hope that I have learned most of what they taught me.

I dedicate this book to those who read stories to children.

Marina ANCA

Cuvânt înainte pentru părinți

Când eram mică, bunicul mă ducea să mă joc în parc. Mă supraveghea cu răbdare prin rama ochelarilor și aștepta. Nu aveam încă patru anișori, nu știam să-i pronunț numele și nici măcar să pronunț cuvântul „ochelari". Dar știam că înainte de a o lua la drum spre casă, urma să mă așeze pe o bancă, probabil să mă odihnesc după atâta joacă, și îmi povestea diverse isprăvi ale unor personaje pe care le inventase el. „Hai, tata Lali, mai povestește", am zis într-o zi, dându-i o poreclă pe care întreaga familie urma să o adopte. Nu știam că el își pregătea cu o seară înainte ce avea să îmi povestească, nici că fiecare istorioară avea tâlcul ei. Una mă învăța să fiu ordonată, alta să-mi ascult părinții și așa mai departe. Îi auzeam glasul, tonul blând, îi simțeam palma caldă mângâindu-mi mâna și trăiam aventurile acelor personaje. Nu îmi aduc aminte de poveștile dar am reținut, sper, parte din ceea ce m-au învățat.

Dedic această carte tuturor celor care citesc basme copiilor.

Marina ANCA

On a beautiful autumn afternoon, a group of girls and boys who behaved well that morning has been invited by the good fairy to wander around in the magical forest Boreea to discover incredible birds and animals. As soon as they arrived, the kids' joyful laughter spread throughout the magical forest.

In that unique place, nature was talking to children. Every wind breeze, every leaf rustling was an answer to a question.

Some kids wanted to know more about a tree, others about a bird or an animal, and they were all learning that each element of nature has a particular purpose.

Într-o după-amiază de toamnă caldă, un grup de fete și băieți extrem de cuminți în dimineața respectivă, a fost invitat de zâna cea bună să se plimbe în pădurea magică Boreea. Acolo trăiau multe animale și păsări grozave. Nici nu ajunseseră bine că râsetele lor pline de veselie răsunară în minunata pădure.

În acel loc unic, natura vorbea pe înțelesul copiilor. Fiecare adiere de vânt, fiecare foșnet de frunze era un răspuns la o întrebare.

Unii copii voiau să afle ceva despre un copac, alții despre o pasăre sau un animal și, în acest fel, cu toții învățau că fiecare element al naturii are un scop anume.

Somewhere in the magical forest, a grandfather and his granddaughter were sitting on a bench, in the shade of a hundred-year-old tree. Nobody could see them. They, on the other hand, could see and listen to everything around them: birds chirping, leaves rustling and, oddly enough, a cat talking to a squirrel!

The cat and the squirrel had shiny furs. The squirrel's fur was like the rusty red of dried leaves. The cat's fur was white with speckles of grey like the stone on which it was sitting.

They were observing each other without knowing how much they were alike, or that they would become friends, as in the saying:

"Birds of a feather stick together".

Undeva în acea pădure magică, la umbra unui copac centenar, un bunic și nepoțica lui se așezau pe o bancă. Nimeni nu-i putea vedea. În schimb, ei puteau auzi și observa tot ce se întâmpla în jurul lor. Auzeau fiecare ciripit de pasăre, fiecare foșnet de frunză și, ceva extrem de curios: o pisicuță vorbind cu o veveriță!

Pisica și veverița aveau blana lucioasă și colorată. Cea a veveriței era roșcată, ca frunzele uscate, iar cea a pisicii la fel de albă și marmorată cu gri ca piatra pe care stătea.

Cele două animăluțe se observau, fără să știe cât se asemănau și nici cât de bine urmau să se împrietenească, ca în zicala:

„Cine se aseamănă se adună".

"What are you doing little squirrel, in my forest? Are you looking for berries or a nest?" the cat was meowing.
"Hello kitty! The forest is my home. How come *you* are here, alone, instead of being in your home?" asked the squirrel.

They started running among the young beech trees, as if to prove to each other that Boreea Forest was their home.

Being both so young, they did not know that in real forests lumberjacks were cutting down the oldest beech trees so that people could heat their homes, make furniture, and other objects.

„Spune-mi iute, ce faci, veverițo, în pădurea mea? Îți place în ea? mieuna pisica.
— Bună ziua pisică. Pădurea este casa mea. Locuiesc în ea. Ce faci *tu*, singurică? Nu îți este frică? întreba veverița.

Cum fiecare era dornică să-i arate celeilalte că pădurea era casa ei, animăluțele începură să alerge printre tinerii fagi din Boreea.

Fiind foarte mici, nu știau de ce copacii erau așa subțiri, și nici că în pădurile adevărate, fagii cei mai bătrâni erau tăiați de pădurari pentru ca oamenii să-și încălzească locuințele, să-și facă mobilă și alte obiecte.

"Lucky me! I am not alone. Take a look beyond this bridge. You will see a bright bird waiting for me," the cat continued. "Lucky you indeed! I'm O'Loty, by the way, and wander alone most of the day," the squirrel replied.

As they were discussing while walking, none of them noticed how nicely the wooden bridge they were on was built.

They passed carelessly, eager to reach another part of the magical forest Boreea, the vegetation was so green and dense there that the sun could barely slide through the giant ferns' leaves.

— Eu sunt plină de noroc, nu sunt singură deloc! Chiar acuma mă așteaptă o pasăre foarte deșteaptă! spunea pisica.
— Ce bine de tine! Eu O'Loty mă numesc și de obicei doar singură hoinăresc, îi răspundea veverița.

Mergând și vorbind, animăluțele nu băgară de seamă ce frumos fusese construit podul de lemn pe care se aflau.

Îl trecură nepăsătoare, dornice să ajungă în altă parte a pădurii Boreea. Vegetația era atât de verde și de deasă acolo, încât soarele de-abia putea să se strecoare printre frunzele gigantice a ferigilor.

"My name is Kiwie. The animals living in this magical forest are my new family," meowed the cat.
"Your friend koala sleeps all day. Nothing seems to worry the little marsupial, I must say," O'Loty said.

Kiwie looked up at the tree branches, trying to spot the bird O'Loty had mentioned. Instead, the kitten saw an animal it had never seen before, sleeping in a eucalyptus tree.

Its leaves were whispering to the children walking through the forest that the little marsupial had chosen a species of eucalyptus with leaves full of protein and very little fibre*. The koala loved eating them almost as much as sleeping.

* "Fiber" in US English.

— Pe mine Kiwie mă cheamă. Prietenii mei din pădure îmi sunt ca tată și mamă, mieună pisica.
— Prietenul tău koala doarme de rupe. Pe micul marsupial nimic nu pare să preocupe! comentă O'Loty.

Kiwie își ridică ochii spre ramurile copacilor în căutarea păsării pomenite de O'Loty, dar pisoiul văzu un animal nemaiîntâlnit până atunci, dormind într-un eucalipt.

Frunzele acestuia șopteau copiilor care se plimbau prin pădure că acest eucalipt ales de micul marsupial era o specie deosebită, cu frunze pline de proteine și puține fibre. Animăluțul le aprecia la fel de mult ca odihna sa.

"Kiwie, can I also be your friend? Being alone is not fun. Now I understand," said the squirrel.

"Of course, O'Loty! Let's hang together. You are clever. Meet my friend the eagle. It can spot things from far away, even a needle," the kitten replied.

Kiwie knew that the eagle was known to chase and eat living animals. Nonetheless, as it mostly devoured the dead ones, it had been nicknamed "the forest cleanser."

The two friends feared the eucalyptus tree. Its leaves were poisonous to all animals but the koala. They thought it was a little crazy. It dropped branches unexpectedly. Of course, nobody had told them that the eucalyptus tree was not crazy. It sacrificed part of its branches to keep its water level sufficient for the rest of its trunk and leaves.

— Kiwie, pot fi și eu prietenă cu tine? Singură, nu mă mai simt deloc așa de bine! întrebă veverița.

— Sigur, O'Loty! Să facem cunoștință! Și tu ești o ființă. Ai grijă de vulturul cu coadă. El vede de departe și cea mai mică pradă, răspunse pisicuța.

Kiwie știa că acesta vâna și înfuleca orice animal viu. Cum le prefera însă pe cele moarte, i se dăduse porecla „curățitorul pădurii".

Animăluțele se temeau de eucalipt. Frunzele acestuia erau toxice pentru celelalte animale. De altfel, copacul era cam ciudat. Se lepăda de ramuri pe neașteptate! Desigur, nimeni nu le învățase că eucaliptul știa foarte bine ce făcea. La nevoie, își sacrifica o parte din crengi pentru a păstra suficientă apă pentru restul trunchiului și frunzelor din copac.

"Come on, O'Loty! Let's go quickly near the swan to have fun," proposed the cat. "Kiwie, what a beauty! The bird's feathers are so groovy," said the squirrel.

The swan whispered to O'Loty to be wary of exterior beauty. It was wiser to admire one's character. It knew the legend about Zeus, the king of all gods, who used a ruse to win the heart of the goddess **Nemesis**, who did not love him. He transformed her into a goose and himself into a swan, forced Aphrodite, the goddess of beauty, to turn into an eagle, find the goose hidden between other geese, and push her towards him to ask for protection.

And so it happened!

This legend is the origin of several sayings: "to be stupid like a goose", "to have an eagle's gaze", and when an adversary is very tough to defeat, "to be his or her Nemesis."

— O'Loty, hai să te prezint lebedei. Ea este prietena mea, propuse veverița. — Ce splendoare. Nu știam că lebăda este așa de încântătoare, comentă veverița.

Lebăda șopti veveriței că frumusețea era înșelătoare. Mai bine era să aprecieze caracterul fiecăruia. Aflase legenda despre Zeus, regele zeilor. El folosise o viclenie pentru a cuceri zeița **Nemesis**, care nu îl iubea. O transformase în gâscă, el însuși se preschimbase în lebădă, obligă Afrodita, zeița frumuseții, să se transforme în vultur, și îi dădu sarcina de a găsi zeița, ascunsă printre gâște, s-o sperie, ca să-i ceară ocrotirea.

Așa s-a și întâmplat.

Această legendă este la originea mai multor zicale: „are minte de gâscă", „are ochi de vultur", și când un adversar este greu de învins că este „ca Nemesis".

"Now, come and see the most spoiled bird that can be!" the kitten said. "Thank you for being so kind. But I don't want to waste your time," the squirrel replied.

Kiwie told the squirrel that the yellow bird was a "Yellow-tufted honey-eater" because its favourite* food was the nectar of eucalyptus flowers. It lived in a cup-shaped nest and was lucky. When it left in search of food, other honey-eaters kept its nest and its chicks safe, as grandparents do with their grandchildren.

The bird saw the animals watching it closely and raised its beak at the most as if it wanted to praise its luck, which was a very bad behaviour!

It should have known the saying: "One's praise in one's mouth stinks!".

* "Favorite" in US English.
** "Behavior" in US English.

— Uite, O'Loty, îți prezint îndată și o pasăre răzgâiată, propuse iar veverița.
— Din suflet îți mulțumesc. Dar din treaba ta, nu vreau să te opresc, răspunse veverița.

Kiwie îi povesti veveriței că acea păsărică era poreclită „mâncăcioasa de miere" căci îi plăcea la nebunie nectarul din florile de eucalipt. Ea trăia în cuiburi elegante, în formă de cupă, și avea mult noroc. Păsările din jurul ei se ocupau de cuibul și de puii ei, precum bunicii se ocupă de nepoțelele lor.

Văzându-se băgată în seamă, păsărica își ridică ciocul cât de sus putea, ca și cum s-ar fi fălit cu norocul său, ceea ce nu era frumos din partea ei.

Ar fi trebuit să cunoască zicala : „Lăudarea de sine nu miroase bine".

"The bird was born in this castle and had no hassle. Now it is very fussy. Not like us, you see?" commented the cat.
"You seem nevertheless to accept it with gracefulness. This honours* you, I must confess," O'Loty underlined.

Kiwie did not know how to explain its kindness and empathy towards others, but O'Loty guessed it. After all, it was by being nice to each other that they became friends. The two friends decided that they could also help a bird.

All said and done, the little animals headed for the castle in search of nests, unaware that its species was in danger of extinction, like, unfortunately, many other species.

— Păcat că păsărica este cam îngâmfată. Se umflă în pene toată. Dar bine, s-a născut într-un castel, vecine! preciză ea.
— Kiwie, atunci cum de o suporți? Văd că tot frumos te porți, se miră veverița O'Loty.

Kiwie nu știa cum să-i explice veveriței de ce avea un caracter așa bun și empatic, dar O'Loty a ghicit. La urma urmei, ele deveniseră prietene purtându-se frumos una cu cealaltă. Cele două prietene au decis îndată că ar fi o idee bună să ajute la rândul lor o pasăre.

Zis și făcut. Animăluțele se îndreptară spre castel în căutarea unor cuiburi, fără să știe că acea pasăre făcea parte din speciile în pericol de dispariție, ca, din păcate, multe altele.

* "Honors" in US English.

“I try to understand its whole character, as a friend. Everyone has a lot of qualities in their personality,” said the little cat after a while.

“Kiwie you are so kind. It blows my mind. Jump towards the wood. I want to offer you food,” said the squirrel.

O'Loty was a solitary animal, focused on finding its food, like all squirrels. But hearing how beautifully the birds behaved, as in a family, O'Loty decided to pay more attention to the environment in the future and to share her food with her new friend, not knowing that cats ate birds.

Kiwie was thinking about what it could eat if she no longer separated the cubs from their mothers, as it happened to her.

— Îi apreciez trăsăturile bune şi uit de cele rele, dacă aşa se poate spune, mieună pisicuţa, după un lung moment în tăcere.

— Kiwie mică, ţin să-ţi spun că ai un suflet tare bun. Hai, sări apa spre pădure, să-ţi ofer fragi şi mure.

O'Loty era un animal singuratic, preocupat de găsirea hranei sale, ca toate veveriţele. Auzind însă cât de frumos se comportau păsările, ca într-o familie, O'Loty şi-a propus să acorde în viitor mai multă atenţie mediului înconjurător şi să-şi împartă hrana cu noua ei amică. Nu ştia că pisicile mâncau păsări.

La rândul ei, Kiwie se întreba ce ar putea mânca, să nu mai despartă puii de mamele lor, cum păţise ea.

"Boreea might be magical, but for my fur to be wet would be tragic! I will be sad. Your idea is bad. I would rather stay here on the ground, having fun in this mystical playground," Kiwie decided.
"I come with you. It's best to be two. Did you create this masterpiece? The sharp claws on your paws could be the cause," the squirrel said.

O'Loty, who was getting used to having a friend, decided to make friends with other animals and always have a very pleasant behavior.

— Vai, O'Loty! Om fi noi în pădurea fermecată, dar nu vreau să mă ud toată. Prefer să stau pe uscat. Nu mă satur de jucat, afirmă pisica pe un ton extrem de ferm.
— Atunci vin și eu cu tine. Ia uite! Văd că ai ghearele mai ascuțite decât unele cuțite. Tu ai fost la manoperă pentru această capodoperă? întrebă veverița.

O'Loty, care se obișnuia cu ideea de a avea o prietenă, a decis să se împrietenească și cu alte animale, cu care să aibă tot timpul un comportament plăcut.

"Squirrels shred wood with their teeth faster than I can breathe. If it's not you, it's Ibis. This bird's beck is much stronger than one can expect," Kiwie said.
"Like Ibis, you seem to know so much! Are you a book reader or something as such?" asked O'Loty, intrigued.

The ibis is very clever. It knows whether the water is safe to drink without tasting it.

In Egyptian mythology, the ibis was the symbol of knowledge. Thoth, the god of arts, was represented with a human body and an ibis head. The drawings on items discovered by archaeologists reflect that Thoth invented, among other things, the *hieroglyphs*.

Hieroglyphs are drawings that describe a situation, as the moon suggests the night. Over time, such drawings became words that form sentences, like this one.

— În general, o veveriță, ca tine, roade orice cu dinții ei, până și un crâmpei. O fi pasărea Ibis oare? Nu ar fi de mirare. Cu a ei voință, învinge orice neputință.
— Dar văd că tu știi, ca Ibis, de toate. Ai citit cumva vreo carte? întrebă O'Loty, mirată.

Pasărea Ibis este foarte inteligentă. Știe dacă apa este potabilă fără să o guste.

În mitologia egipteană, această pasăre reprezenta toate științele. Zeul Toth, regele artelor, era desenat cu trup de om și un cap de Ibis. Studiul obiectelor descoperite de arheologi demonstrează că acest zeu este cel care a inventat, printre altele, *hieroglifele*.

Hieroglifele sunt niște desene care descriu o situație, așa cum luna sugerează noaptea. În timp, au evoluat și s-au transformat în cuvinte care formează laolaltă propoziții, ca aceasta.

"Building nests and finding nuts is all I know. How can I learn like you and know more than a thing or two?" the squirrel continued.

"I'm listening and learning a great deal. In this forest, which is ideal, each leaf has a mystery to reveal," Kiwie answered.

The two friends remained silent, listening to the rustling leaves. They were murmuring to the kids walking across Boreea that in real forests trees are centuries-old, even millennia-old. Their roots intertwine, and other trees appear for the good of all breathing beings'.

Indeed, the tree leaves, like those of all plants, absorb the air altered with carbon dioxide that humans, animals, and birds, exhale. Then, the leaves exhale the vital oxygen that breathing beings need. Therefore, forests are considered to be the lungs of the planet Earth.

— Eu știu să-mi fac cuib și să-mi caut hrană. Ai putea, te rog mult, să mă înveți și altceva, cu răbdare, ca o mamă? o rugă veverița.

— Pe moment, doar ascult și învăț mult. În pădurea fermecată orice frunză are o taină să împartă, răspunse pisoiul.

Animăluțele tăcură și ascultară foșnetul frunzelor. Acestea povesteau copiilor care se plimbau în Boreea că în majoritatea pădurilor există copaci seculari și chiar milenari. Rădăcinile lor se împletesc și alți arbori cresc din ele, pentru binele tuturor ființelor.

Într-adevăr, frunzele copacilor, și a plantelor în general, absorb aerul viciat cu dioxid de carbon expirat de oamenii, de animale și de păsări și răspândesc imediat în aer oxigenul, vital pentru toate ființele. De aceea se spune că pădurile sunt plămânii planetei Terra.

"Listen, my friend! This is what I recommend. We all listen to our rock star Ibis, who comes from afar," said Kiwie.
"But what if the bird's words are empty? This Ibis here does not look like it knows plenty," asked the squirrel.

O'Loty was right to wonder if it should believe all it was hearing. The good fairy protected everyone in the magical forest. In real life, however, some people were sometimes malicious, like Zeus.

Accordingly, children should neither talk to strangers nor trust them, as the goose trusted the fake swan in the old legend.

— Veveriță mică, ascultă, astfel niciodată nu vei fii incultă. Momentul bun este acum. Pasărea Ibis are ceva de zis. Vine de departe și ea are carte, spuse pisoiul.
— Dar dacă vorba ei este goală? O fi făcut cumva vreun fel de școală? întrebă veverița.

O'Loty avea dreptate să fie prudentă. În pădurea magică Boreea, toată lumea era ocrotită de zâna cea bună, dar în afara acesteia, unii oameni erau câteodată rău intenționați, ca Zeus.

Așadar, copiii trebuie să fie atenți să nu vorbească cu necunoscuți și să nu creadă orice, ca gâsca în povestea de pe vremuri.

"I reckon Ibis is speaking only after thoroughly thinking," said the cat after a while.

"I promise I'll do the same. I have always been on my own. Now I know it's sad to be alone. My nest protects me but having no friends affects me," replied O'Loty.

For a long time, Men believed they were the only ones to think. Nowadays, we know that animals and trees communicate with each other. Moreover, as young trees rise from the Earth and grow near their elders, one can say that they are a family.

Whenever a tree is sick, the surrounding trees provide it with water and minerals extracted from the soil initially for themselves. Thus, they allow the sick tree to heal.

— Eu cred că Ibis vorbește doar după ce gândește, spuse pisicuța după o clipă de răgaz.

— O să fiu atentă ca de azi așa să fac și eu. Îmi pare rău c-am stat singură, zău. Scorbura mă ocrotește dar de voi toți mă lipsește și asta nu îmi priește.

Multă vreme, omul a crezut că este singurul care gândește. De acum însă se știe că animalele comunică între ele, și copacii de asemenea. Mai mult decât atât, cum tinerii copaci răsar din pământ și cresc alături de cei bătrâni, se poate spune că trăiesc în familie.

De altminteri, dacă un copac este bolnav, cei din jur îi transmit prin rădăcini, să-l ajute să se vindece, parte din apa și mineralele pe care le extrag din sol pentru propria lor hrană.

"Look! The lion explores all around, from the air to the ground!" said O'Loty. "Listen carefully to its roars. The lion's one of our best mentors!" Kiwie answered proudly.

In its natural habitat, the lion is so much hunted by men that its species is endangered. Therefore, the fairy of Boreea created a dedicated savannah area, where the male lion could roam like the squirrel until it found a lioness to start a family.

Most people consider the lion as the king of animals. In China, however, it is the tiger. In Zimbabwe, it is the rhinoceros. In other African countries, it is either the leopard or the elephant.

— Uite leul cât se uită de atent. Nimic nu-l lasă indiferent! observă veverița.
— O'Loty, să-l asculți și pe leul cel mare. El are cea mai frumoasă exprimare, zise Kiwie cu mândrie.

Cum în mediul său natural leul era vânat de oameni, specia sa era în pericol. De aceea zâna din Boreea crease un colț de savană pentru el. Astfel, leul putea hoinări singur precum veverița, până când întâlnea o leoaică, cu care avea să construiască o familie.

Majoritatea oamenilor consideră că leul este regele animalelor. Dar nu peste tot. În China este tigrul, în Zimbabwe, rinocerului și în unele țări africane, acest loc de onoare revine leopardului ori elefantului.

"Cassou, the bird near the water wants to speak up. It must matter. This bird is funny, but it often gets angry," Kiwie said.

"Seeing it here is fantastic! Do you think it is talking to a fish? It seems enthusiastic!" said the squirrel.

It does not look like it, but the Cassowary is the most dangerous bird in the world. It is very shy, solitary, fearful, unpredictable, and strong. A sudden hit with its claw, out of the blue, can kill a man.

Its chicks are born from green eggs and are hatched by the males as if the rooster would hatch instead of the hen.

Unfortunately, these birds, as large as ostriches, are also threatened with extinction.

* "Focused" in US English.

— Uite O'Loty, și draga mea Cassou are clar ceva de zis. Pasărea asta este tare haioasă, dar din păcate mult prea supărăcioasă.
— Văd că se uită în apă și zâmbește. Tu crezi că vorbește cu un pește? întrebă veverița.

Nu s-ar spune când o vezi, însă pasărea denumită „cazuar" este cea mai periculoasă din lume. Timidă, singuratică, este fricoasă, imprevizibilă și puternică. Poate ucide un om cu o lovitură cu gheara, din senin.

Puii ei se nasc din ouă de culoare verde și sunt clociți de tată, nu de mamă, cum ar veni de cocoș, nu de găină.

Din păcate, aceste păsări, înalte cât struții, încep a fi pe cale de dispariție.

"For now, O'Loty, I promise that you will see a wonderful thing if you follow me," joyfully announced Kiwie.
"I cannot wait to learn new things from my first mate. Learning is truly a joy. It's like having a new toy!" O'Loty replied.

The squirrel was right. Curiosity and the desire to continuously learn are assets in life. Knowledge raises the desire to learn more, to discover new things, like scientists. They search for an answer and find another question to which they are looking for an answer, and so on.

The Earth, the human body, the birds, the animals, and nature have secrets to reveal that humans want to discover. Every step forward is significant. The answers (and new questions!) are there, at the end of the road.

— Iar acum, O'Loty, am altceva să-ți spun. O minune mare ne așteaptă dincolo de cărare.
— Îmi place nespus să aflu lucruri de la tine. De acum țin în vedere că se poate învăța cu plăcere, îi răspunse O'Loty.

Veverița avea dreptate. Curiozitatea, dorința de a învăța continuu, sunt un avantaj grozav în viață. Cunoașterea unui subiect dă avânt dorinței de a afla mai mult în acea privință, dar și de a descoperi lucruri noi, ca oamenii de știință. Ei caută un răspuns și găsesc o altă întrebare, la care caută un răspuns etc.

Planeta Terra, corpul uman, păsările, animalele și, desigur, natura, au mii de secrete, pe care omul de abia așteaptă să le descopere. Fiecare pas înainte contează. Răspunsurile (dar și noi întrebări!) se află acolo, la capătul drumului.

"Look, the kind fairy has built a shelter for the birds to live together. Observe underneath how nicely the dove and the parrot eat side by side. They look so satisfied," said the cat.
"Sharing is the best, as we shared secrets in my nest. We became a team. At least it is my dream!" replied the squirrel.

Just as trees help each other by sending nutrients through their roots, animals, and birds also help one another instinctively in case of danger.

We, humans, have a good behaviour principle and a saying: "A friend in need is a friend indeed".

While it is, of course, a good thing to help someone who needs it, it is also important to tell them what you think, with tact and gentleness, like the little cat Kiwie.

— Uite aici, ce casă frumoasă a construit zâna inimoasă. Sub ea, un porumbel şi un papagal mănâncă unul lângă altul, de la egal la egal, îi arătă pisicuţa.
— Sigur, aşa este bine, cum am împărţit şi eu secrete cu tine. Noi am devenit pereche. De uit, trage-mă de ureche, răspunse veveriţa.

Precum copacii care se ajută dându-şi sevă prin rădăcini, oriunde în natură, în caz de primejdie, animalele şi păsările se ajută instinctiv.

Oamenii au un cod de bună purtare în societate şi o zicală: „Prietenul la nevoie se cunoaşte".

Într-adevăr, este frumos să ajuţi întotdeauna pe cel care are nevoie de tine şi să-i spui fără greş ce gândeşti, dar cu tact şi blândeţe, ca pisica Kiwie.

"O'Loty, this is also my wish. To prove it to you, I shall share with you at once a secret or two," Kiwie said.

"Great! I can't wait to hear what your secrets are about," said O'Loty.

"Come and meet my dear neighbours*. We do each other favours**," said Kiwie.

The two friends made their way to the clearing, feeling cheerful and confident. Like children playing without fear, they did not doubt their ability to climb the slope hidden by the leaves and learn what they could about everything they encountered on the way.

Children also can learn anything (including any subject at school!) if they believe in themselves.

* "Neighbors" in US English.
** "Favors" in US English.

— Sunt de acord și, dacă îți este cu putință O'Loty, aș vrea să-mi împlinești o mică dorință.

— Cum să nu, pisic blând! Spune iute ce-ai în gând, răspunse veverița.

— Hai cu mine la vecine, o să vezi tu foarte bine, propuse pisoiul.

Zis și făcut. Pisoiul și veverița o porniră spre poiană, voioase și încrezătoare. Precum copiii care se joacă fără frică, ele nu se temeau și nu se îndoiau de capacitatea lor de a urca panta ascunsă de frunze și de a învăța ce se putea despre tot ce întâlneau în drum.

Copiii pot învăța și ei orice, (inclusiv orice materie la școală!), dacă au încredere în capacitățile lor.

"Take a look by the pond. We all have fun there, and beyond. I don't like water, that's for sure, but playing near the lake with caution is secure," said the cat. "Kiwie dear, with whom do you play? I have no clue. I do not see any other cat near you!" asked the squirrel.

The cat, being already busy chasing a bird bouncing on the leaves in search of food, did not answer.

O'Loty thought of the flying squirrels jumping from tree to tree at night and decided to discuss with them soon. After all, they were its cousins and therefore its family.

— Uite, pe marginea acestui lac, cu toții ne facem de cap. Însă eu de apă mă cam feresc. Prefer să fiu atentă și să mă joc pe mal, cu cine și cu ce găsesc, zise Kiwie.
— Ia spune-mi pisicuțo, cu cine te joci tu așa de bine? Nu văd un alt pui de pisică pe lângă tine.

Pisica nu răspunse, ocupată fiind să vâneze o pasăre care sărea prin frunzele uscate, în căutare de râme.

O'Loty se gândi la veverițele zburătoare care săreau noaptea din copac în copac. Își propuse îndată să discute curând cu ele. La urma urmei, erau verișoarele, deci familia ei.

"O'Loty dear, everything is interesting if you want to learn new things. Watch the wallaby observing the kids who played with me," Kiwie proposed.
"I have never seen such an animal before, being too busy looking at the floor. I was preoccupied with hiding my food in as many places as I could," said the squirrel.

They stopped talking to observe a wallaby, a small species of kangaroo. Wallabies live in groups, like other species of marsupials. Their common feature is that females carry their babies in an outside pocket of their stomachs, called a *marsupium*.

Kangaroos eat grass, fruits, and tree bark. Their long feet enable them to move by jumping. However, due to their length, kangaroos are unable to walk or jump backward, unlike cats or squirrels.

— O'Loty, dacă ești curioasă, totul ți se pare de folos. Privește iute la acest wallaby, cum se uită la fetița care mi-a tras codița, spuse Kiwie.
— Oh! Eu nu am mai văzut un animal așa haios. Mă concentrez de genere pe scorburile mele și pe unde mi-aș putea ascunde alunele, oftă veverița.

Animăluțele s-au oprit din vorbă să observe un wallaby, o rasă de cangur mic. Acesta trăiește în grup, ca alte specii de marsupiale, denumite astfel pentru că puiul lor crește într-un fel de buzunar la nivelul burții mamei lui, denumit marsupiu.

Cangurii se hrănesc cu iarbă, cu fructe și scoarță de copac. Labele lor lungi le permit să sară cu ușurință. În schimb, tocmai din cauza lungimii labelor, nu pot să se deplaseze cu spatele, ca, spre exemplu, pisica sau veverița.

"Kiwie, do you know where that path might go?" asked the squirrel.

"No. But it's supper time. Everybody hurries on this road in line, to be home before nine," Kiwie sadly replied.

The cat, whose hearing is three times more sensitive than ours, heard the children gathering and leaving towards the forest edge. Kiwie gluttonously twitched its nose and sniffed the air, wondering if one of them had dropped a piece of cheese from their sandwich.

The squirrel twitched its nose as well, hoping that it had hidden berries or snails somewhere nearby. It always forgot where it buried them.

— Kiwie, mă întreb ce s-ar afla oare, dincolo de acea cărare? întrebă veverița.

— Nu văd, dar știu că se apropie ora de masă. Copiii se strâng în rând și merg spre casă, răspunse Kiwie, un pic tristă.

Pisica, al cărui auz este de trei ori mai sensibil decât cel al omului, auzise pașii copiilor îndepărtându-se spre ieșirea din pădure. Își mișcă nasul, pofticioasă, sperând că unul dintre ei scăpase o bucățică de brânză din sandvișul său.

Veverița își mișcă și ea năsucul. Oare și-o fi ascuns cândva, fructe de pădure sau melci, prin preajmă? Tot timpul uita unde le îngropa.

“Look to the koala on the grass. What a beauty, it's a blast!” Kiwie said.
“It is a blast, indeed. I have never seen a koala on its four feet,” replied the squirrel.

The koala is known to be one of the laziest animals. It sleeps over twenty hours a day, more than a cat. Unlike the latter, it does not hunt or play the rest of the time. When it wakes up, it stretches like a cat and eats eucalyptus leaves. Afterward, the koala contemplates the scenery from its tree for a short while, then falls asleep because its food does not provide its body enough energy.

Due to the warming of our atmosphere, the koala is so thirsty at certain times of the year that it has begun to leave its natural environment in search of a water source other than the eucalyptus leaves.

— Uite un koala mergând pe jos. Of, cât este de frumos!
— Vai! Ce moment extraordinar. Nu știam că un koala poate fi așa hoinar, spuse veverița.

Koala-ul are reputația de a fi unul dintre cele mai leneșe animale, pentru că doarme peste douăzeci de ore pe zi, mai mult decât pisica. El însă nu vânează și nu se joacă. Când se trezește, se întinde ca pisica, mănâncă frunze de eucalipt, admiră o clipă natura cocoțat în copacul lui, după care se culcă din nou, pentru că mâncarea lui nu-i dă deloc suficientă energie.

Din cauza încălzirii atmosferei planetei noastre, îi este atât de sete în anumite perioade ale anului, încât a început să-și părăsească mediul natural în căutarea unei alte surse de apă decât frunzele eucaliptului.

"The rays of the sun are sleepy too. The air becomes chilly. I need to curl up, really," said the cat.
"Do you want to come into my lair? It's warm and cosy there*," offered O'Loty.

Neither the cat nor the squirrel liked the cold. Nevertheless, O'Loty was used to preparing for winter. With its muzzle opened widely, it could carry its provisions into the nest, like in a shopping bag. Hence, it gathered peanuts and other supplies throughout the fall and could hibernate in its nest during the winter.

Kiwie didn't know what to do. It had been abandoned during the spring at the edge of the forest, a few weeks after it was born.

Somewhere not far from there, the little girl and her grandfather, still sitting on the bench, were also shivering.

— Soarele își retrage razele. Se face din ce în ce mai frig. Vreau mă încolăcesc ca un covrig, spuse pisica.
— Vrei să vii în scorbură cu mine, unde este cald și bine? oferi îndată vererița.

Nici pisicii, nici veveriței nu le plăcea frigul. O'Loty era însă obișnuită să se pregătească pentru iarnă. Cum gura ei se deschidea foarte larg, își putea transporta proviziile ca într-un sac cu târguieli. Așadar, strângea alune și alte provizii toată toamna, să poată hiberna liniștită în cuibul ei în timpul iernii.

Kiwie nu știa ce să facă. Fusese abandonată la marginea pădurii în primăvara aceea, la câteva săptămâni după ce se născuse.

Nu departe de animăluțe, fetița și bunicul ei, așezați pe bancă de câtva timp, începeau să resimtă frigul la rândul lor.

"Come on, awesome. Let's go home,"
said the goose, walking on the loose.
"Come on, my dear. Let's go home too.
Your mother prepared dinner for you,"
said the grandfather, with his soft voice.

The little girl remained still. She could not take her eyes off the kitten lying on the ground a few steps away. She wanted to take it with her, to give it a home. After all, cats could not live in a tree like squirrels.

Her house was a much better choice. She immediately took the little cat in her arms and held it tight.

— Haide cucoană acasă, gâlgâie o gâscă leșească, pe nepusă masă.
— Hai și tu, copile drag, hai acasă, ne așteaptă mama la masă, șopti bunicul, cu vocea lui duioasă.

Fetița nu mișca. Nu-și putea lua ochii de la pisoiul ce stătea doar la câțiva pași distanță. Voia să-l ia acasă, să-i ofere un adăpost. Știa foarte bine că pisicile nu puteau trăi într-un copac, precum veverițele.

Casa ei era o alegere mult mai bună. Îndată, fetița se repezi să ia pisicuța în brațe și o strânse la piept cu patimă.

"Grandpa Lali! Autumn nights fall suddenly. I must stop playing unexpectedly. The cat will keep me company. Can I please take it with me?" asked the little girl.

"Yes. Its company will be a blessing. And, as in everything, consider the bright side of things. After Autumn begins its course, only a few months remain until you'll see Santa Claus," grandpa Lali said joyfully.

The little girl's eyes filled with love as soon as the kitten snuggled in her arms and began to purr.

Her grandfather smiled. Making a child happy was something to achieve every day. The kitten was going to be a companion for his granddaughter. It was also a gentle way to teach her to pay attention to other beings.

And by all means, if her parents did not want to receive the kitten in their household, it would make a great companion for himself.

— Tata Lali, toamna, noaptea este foarte grăbită. De joacă sunt păgubită. Te rog frumos, pot lua pisoiul cu mine? Eu cred că acasă o să-i fie mult mai bine, întrebă fetița.
— Sigur, ia-l acasă. Și, ca în orice circumstanță, gândește pozitiv. Sosirea toamnei este un lucru bun. De acum, doar trei luni mai rămân până vine Moș Crăciun", răspunse bunicul Lali cu bucurie în glas.

Ochii fetiței se umpluseră de dragoste de îndată ce pisoiul se ghemuise în brațele ei și începu să toarcă de răsuna toată pădurea magică.

Bunicul zâmbi, convins că a face un copil fericit era o treabă de zi cu zi. Pisicuța urma să fie o parteneră de joacă formidabilă pentru nepoțică și totodată o bună cale de a învăța să aibă grijă de o altă ființă.

Și, la urma urmei, dacă părinții ei nu doreau să ia pisoiul în pensiune, acesta putea să devină un prieten grozav chiar pentru el.